Puedes consultar nuestro catálogo en www.picarona.net

MAMÁ TIENE UN BEBÉ EN LA BARRIGA
Texto: *Luana Vergari*
Ilustraciones: *Simona Ciraolo*

1.ª edición: mayo de 2017

Título original: *La mamma ha un bambino nella pancia*
Traducción: *Lorenzo Fasanini*
Maquetación: *Isabel Estrada*
Corrección: *M.ª Ángeles Olivera*

© 2016 Ipermedium Comunicazione e Servizi s.a.s.
Lavieri edizioni, Italy
(Reservados todos los derechos)

© 2017, Ediciones Obelisco, S. L.
www.edicionesobelisco.com
(Reservados los derechos para la lengua española)

Edita: Picarona, sello infantil de Ediciones Obelisco, S. L.
Collita, 23-25. Pol. Ind. Molí de la Bastida
08191 Rubí - Barcelona - España
Tel. 93 309 85 25 - Fax 93 309 85 23
E-mail: picarona@picarona.net

ISBN: 978-84-9145-065-8
Depósito Legal: B-8.170-2017

Printed in Spain

Impreso en España por ANMAN, Gràfiques del Vallès, S. L.
C/ Llobateres, 16-18, Tallers 7 - Nau 10. Polígon Industrial Santiga.
08210 - Barberà del Vallès (Barcelona)

Luana Vergari   Simona Ciraolo

Mamá tiene
un bebé en la barriga

Mamá
tiene
un bebé
en la
barriga.

Dice que es

una niña

y que se

va a llamar

Amalia.

Al principio nO sabrá andar;

en cambio yO,

que ya soy

8

Ella vendrá a pasear conmigo

y jugaremos juntos.

Espero que Amalia sea
tan simpática como Hugo,

mi perro,

que es muy divertido.

Papá dice que
a veces nos pelearemos
y seremos malos.

Que nos molestaremos
el uno al otro...

15

... pero que al final haremos las paces,

porque nos vamos a querer mucho.

Yo la abrazaré cuando tenga pesadillas.

Ella me animará cuando juegue al fútbol...
¡y meteré unos goles increíbles!

Todos me dicen que será muy bonito ser dos,

que nunca
estaremos solos.

Porque Amalia
será mi hermana
y vivirá siempre
con nosotros.

Pero no consigo
imaginarme cómo será
tener a alguien en casa
que no sea mamá,
Hugo o papá.

Ayer, el abuelo me habló como
a un niño mayor y, aunque
no entendí todo lo que me dijo,
creo que es importante ser
el hermano mayor.

Ahora sé que tendré que darle un poco de mi helado de cereza

y que ella querrá estar
en brazos de mi mamá,
porque también será
la suya.

Si lo pienso bien, la idea no me gusta mucho,

pero en casa no dejan de repetirme
que todo será estupendo.

En definitiva, si tengo que ser sincero...

...¡hasta puede que me guste tener una hermanita!